給吾兒卡米

不會很複雜

Ce n'est pas très compliqué

薩繆爾·利伯洪／文圖

王卉文／譯

三民書局

露易絲是我的鄰居，
我們就住在彼此的對面，所以很常碰面。
我和露易絲在一起時，我們不常說話，
而是交換眼神和一起畫畫。

因為我們住的這條街很小又不漂亮，
所以我們會用粗蠟筆在地上畫出一棵又一棵的樹。
我們會畫粗壯的樹幹、長長的樹枝和不同顏色的葉子。

有些時候車子經過，會開進我們畫的這座森林。

露易絲喜歡畫我的頭從樹葉間探出來的樣子，
我覺得很好笑，因為她總是把我的頭畫得很圓，
還畫了一個大鼻子和很多頭髮。昨天畫畫的時候，
露易絲問我，我的腦袋裡裝些什麼。

真是個好問題……
　　　　　　但我不知道該如何回答。

所以，我想看看我的腦袋裡到底裝了些什麼。
不會很複雜，只要打開對的地方就好啦！

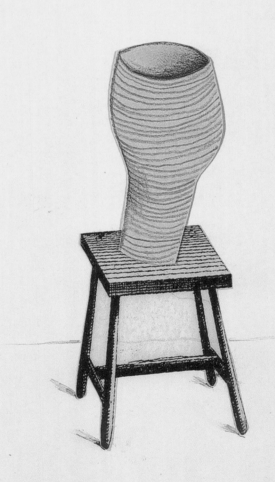

於是我發現了⋯⋯
一座森林！

一座安静的森林；

一座祕密的森林；

一座害羞的森林；

一座黑暗的森林；

一座溫柔的森林；

一座神祕的森林；

然後在某個角落，有那座
我們畫在街上的森林。

我輕輕的闔上腦袋,站在原地動也不動。
我一定要把我看到的都和露易絲說。

但露易絲搬家了。我和蠟筆們被留了下來。
當大雨把街上的森林帶走時，
我甚至沒有哭泣。

　　　也許我沒有心呢？

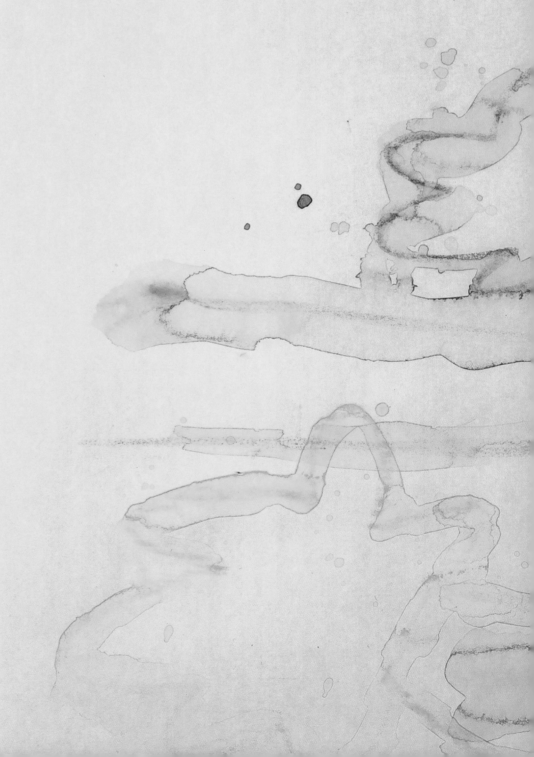

我得去看看，
確認一下。

不會很複雜，
只要打開對的地方就好啦！

於是我發現……

薩繆爾・利伯洪

畢業於法國里昂設計名校愛彌爾寇學院，受自身諸多的旅遊經驗啟發，其中以中國與日本為最，現居阿爾代什省，並持續創作。利伯洪身兼童書作者及繪者數職，也投入動畫片製作，2010 年曾在法國長廊出版社出版動畫繪本《美好的旅程》(Beau voyage)。利伯洪熱愛手作且興趣廣泛，他與法國瘋影動畫工作室有多年的合作，於其中擔任動畫場景設計師，其作品包含《薑餅茉莉》春夏秋冬四部曲 (Les Quatre Saisons de Léon)。

王卉文

畢業於淡江大學法文系，目前任職於信鴿法國書店，負責行銷及翻譯相關工作。對童書繪本懷抱強烈的熱情，除了透過網路與國外專業人士交流，目前也在各地演講、朗誦故事，與台灣大大小小的讀者分享法文繪本的美好。

2016 年由信鴿法國書店申請法國政府補助，代表前往巴黎接受兒童文學出版品相關課程，期待為引進更多優質的繪本作品盡一份心力。2017 年完成圖爾大學遠距兒童繪本評鑑課程。譯有《我的星星在哪裡》（青林）、《摸摸看！我的超大啟萌書》、《大家來過河》（三民）。

© 　不會很複雜

文　圖	薩繆爾・利伯洪
譯　　者	王卉文
責任編輯	楊雲琦
美術設計	黃顯喬
版權經理	黃瓊蕙
發 行 人	劉振強
發 行 所	三民書局股份有限公司
	地址　臺北市復興北路386號
	電話　(02)25006600
	郵撥帳號　0009998-5
門 市 部	(復北店) 臺北市復興北路386號
	(重南店) 臺北市重慶南路一段61號
出版日期	初版一刷　2018年2月
編　　號	S 858431

行政院新聞局登記證局版臺業字第○二○○號

有著作權・不准侵害

ISBN　978-957-14-6380-3　(精裝)

http://www.sanmin.com.tw　三民網路書店

※本書如有缺頁、破損或裝訂錯誤，請寄回本公司更換。